CADÊ O TOBDAÉ?
A cultura Xavante em cena

© 2021 — Todos os direitos reservados

GRUPO ESTRELA
Presidente Carlos Tilkian
Diretor de marketing Aires Fernandes

EDITORA ESTRELA CULTURAL
Publisher Beto Junqueyra
Editorial Célia Hirsch
Coordenadora editorial Ana Luíza Bassanetto

Ilustrações Caco Bressane
Projeto gráfico ESTÚDIO VERSALETE
Christiane Mello e Karina Lopes
Revisão Luiz Gustavo Micheletti Bazana

DADOS INTERNACIONAIS DE CATALOGAÇÃO NA PUBLICAÇÃO (CIP)
(CÂMARA BRASILEIRA DO LIVRO, SP, BRASIL)

Manuel Filho
  Cadê o Tobdaé? / Manuel Filho ; ilustrações Caco Bressane. – Itapira, SP: Estrela Cultural, 2021.

  ISBN 978-65-5958-009-5

  1. Povos indígenas - Mato Grosso 2. Teatro - Literatura infantojuvenil I. Bressane, Caco. II. Título.

21-84930   CDD-028.5

ÍNDICES PARA CATÁLOGO SISTEMÁTICO:
1. Teatro: Literatura infantil 028.5
2. Teatro: Literatura infantojuvenil 028.5

CIBELE MARIA DIAA
Bibliotecária
CRB-8/9427

Proibida a reprodução total ou parcial, de nenhuma forma, por nenhum meio, sem a autorização expressa da editora.

1ª edição — Três Pontas, MG — 2021 — IMPRESSO NO BRASIL
Todos os direitos de edição reservados à Editora Estrela Cultural Ltda.

Rua Municipal CTP 050
Km 01, Bloco F, Bairro Quatis
37190-000 – Três Pontas – MG
CNPJ: 29.341.467/0002-68
estrelacultural.com.br
estrelacultural@estrela.com.br

CADÊ O TOBDAÉ?
A cultura Xavante em cena

MANUEL FILHO

ILUSTRAÇÕES
Caco Bressane

PERSONAGENS

HIPARENDI

Menino Xavante, cerca de 6 anos de idade.

MACACO

Bastante inteligente, mas prefere diversão em vez de se preocupar com qualquer coisa.

CENÁRIO

O cenário é uma clareira na floresta. Ao redor dela há árvores, plantas, flores e algumas pedras.

EMA

É um macho da espécie. Carrega para onde quer que vá seu ninho lotado de ovos. Gosta muito de cantar músicas ruins da atualidade e é extremamente desafinada.

ONÇA-PINTADA

Animal muito esperto, que já foi dona do fogo, e deseja se vingar dos indígenas Xavante que o tomaram dela.

CENA 01
Hiparendi

A pequena clareira está vazia.
De repente, ao centro dela é atirado um tobdaé.
Em seguida, entra Hiparendi, que procura pelo brinquedo.
O menino tem em suas mãos outros dois objetos idênticos.
O menino encontra o todbaé no meio da clareira e
pega-o do chão.

Hiparendi: Errei de novo! Não consigo acertar ninguém.
Na aldeia todo mundo consegue me queimar. Preciso treinar
muito para ficar bom. Vou mirar naquela árvore e...

Hiparendi atira o primeiro tobdaé, que cai fora do palco.

Hiparendi: Não passou nem perto! Vou jogar com bastante força
naquela pedra bem longe.

Lança o segundo tobdaé, que cai do outro lado do palco.

Hiparendi: (desanimado) Nada... Só tenho mais um. Vou mirar
numa árvore bem alta.

Ele joga o terceiro tobdaé para o alto, mas o brinquedo
desaparece no fundo do palco.

Hiparendi: Errei outra vez! Agora tenho que procurar onde
eles caíram.

Hiparendi sai de cena, procurando pelos tobdaés que perdeu.

CENA 02
Onça-Pintada e Macaco

Escuta-se um rugido bem forte. A Onça-Pintada entra em cena com um galo na cabeça e segurando um dos tobdaés.

Onça-Pintada: Quem foi? Eu vou rugir, reclamar e procurar até encontrar quem teve a coragem de jogar este negócio esquisito na minha cabeça.

Começa a rugir. O Macaco também entra em cena, segurando outro tobdaé. Ao vê-lo, a Onça-Pintada fica irritada.

Onça-Pintada: Ahá! Eu sabia, isso só podia ser coisa sua!

Macaco: Como é que é?

Onça-Pintada: (mostrando o tobdaé) Você me atacou com isto aqui. É igualzinho ao que você tem na mão.

A Onça-Pintada ataca o Macaco, que se esconde atrás de uma árvore.

Macaco: (assoprando o rabo) Ei, você quase mordeu meu rabo! Eu sou inocente.

Onça-Pintada: Inocente? Aposto que ficou escondido, vigiando, atrás de mais alguém para acertar.

Macaco: Que nada! Eu estava dormindo no meu galho, quando, de repente, esta coisa bateu em mim. Quase que me esborracho no chão. Também estou querendo saber quem foi que fez isso.

Os dois ouvem um grito bastante estridente que vem de longe.

Macaco: (preocupado) Você ouviu isso?

Onça-Pintada: Sim. (fica em silêncio) Que gritos horríveis. O que será que...

Ambos caminham lentamente em direção ao local do barulho, desconfiados.

CENA 03
Onça-Pintada, Macaco e Ema

A Ema entra em cena cantando uma música de maneira bastante desafinada. Carrega um enorme ninho, que ela balança de um lado para o outro, como se estivesse ninando os ovos. A Onça-Pintada e o Macaco se assustam e tapam os ouvidos como se estivessem sofrendo com o canto da Ema.

Ema: (nervosa) Posso saber quem foi que atirou isto em mim? (mostrando o tobdaé)

Macaco: (aliviado) Nossa, ainda bem que a cantoria acabou! Pensei que nunca mais fosse terminar. Que susto!

Ema: Susto? Eu estava tranquilamente chocando meus 25 ovos quando, de repente, este negócio veio voando na direção do meu ninho. (acariciando o ninho) Já pensou se quebrasse um dos meus ovinhos?

Onça-Pintada: (irritada) E você precisa ficar carregando esse ninho gigante para lá e para cá?

Ema: Jamais vou largar meus filhotes por aí! (beijando os ovinhos) Não sou um pai desnaturado.

Macaco: (observando os tobdaés) Agora estou confuso. Será que está chovendo este negócio?

Ema: Fui atingido na minha asa. Se viesse da chuva, teria acertado minha cabeça.

Onça-Pintada: (passando a mão sobre o galo) Pois foi isso o que aconteceu comigo, oras!

O Macaco recolhe os três tobdaés e começa a pensar em uma utilidade para eles.

Macaco: Será que é de morder? (morde e quase machuca um dente) Será que é de cavar? (tenta cavar o chão, mas não consegue) Será que é de coçar? (coça a Onça-Pintada, que rola no chão como se fosse um gatinho) De repente, eles escutam um barulho que vem da floresta.

Onça-Pintada: (cheirando o ar) Eu conheço esse cheiro.

A Ema estica o pescoço e olha para o local de onde vem o ruído.

Ema: Tem alguma coisa se aproximando... Esquisito, parece que não tem pelo, mas eu não consigo ver direito...

Macaco: (olhando para a Onça-Pintada) Você conhece o cheiro... (olhando para a Ema) Não tem pelo... Sei lá. Estou achando que é algum humano.

Onça-Pintada: Um humano? (lambendo os beiços) Muito interessante!

Macaco: Vamos nos esconder para ver se é isso mesmo. Aposto que ele tem alguma coisa a ver com esta história.

Coloca os tobdaés no centro do palco.

Macaco: Vamos deixar aqui para ver se ele pega. Se pegar, é porque é dele.

Todos concordam e se escondem atrás das árvores.

CENA 04

Hiparendi, Onça-Pintada, Macaco e Ema

Hiparendi entra em cena procurando pelos tobdaés. Fica surpreso quando encontra os três juntos no meio da clareira.

Hiparendi: (contente) Achei!

No momento em que pega os brinquedos, os três animais o cercam. Hiparendi se agacha no chão, protegendo-se com as mãos.

Onça-Pintada: (satisfeita) Ahá! Eu devia ter desconfiado! Só podia ser uma armadilha de humanos para caçar a gente.

Macaco: Duvido! Acabei de subir no galho mais alto da floresta e não tem ninguém com ele. Talvez esteja perdido.

Onça-Pintada: (lambendo os beiços) Eu não confio nesses humanos. Podem deixar que eu resolvo o problema rapidinho.

Ema: (colocando-se no caminho da Onça-Pintada) Nada disso. Você não vai resolver problema nenhum.

Onça-Pintada: (irônica) E como é que você vai me impedir? Você não passa de um passarinho gigante!

Ema: (ofendida) Ah, é? Pois eu vou gritar bem alto e chamar toda a minha família. Vamos atacar você de uma vez, todos juntos.

A Ema canta bem alto e de um jeito bastante desafinado. A Onça-Pintada se afasta, protegendo os ouvidos.

Ema: Quero ver se vai sobrar uma pinta em você!

Macaco: (tapando o bico da Ema) Vamos parar de brigar. Acho que ele não veio aqui atrás da gente. Vejam só, ele não largou aqueles objetos. Deve ser alguma coisa importante.

Ema: (fazendo carinho no ninho) Eu gosto de filhotes, e ele é um filhote de humano... A Onça-Pintada não vai tocar num fio de cabelo dele.

O Macaco tenta falar com o menino.

Macaco: Ei, quem é você? O que veio fazer aqui?

Enquanto isso, a Onça-Pintada planeja algo e vira-se para a plateia.

Onça-Pintada: (resmungando) Eu vou esperar por uma boa oportunidade. Aí, dou o bote e sumo com ele pela floresta. Ninguém vai conseguir me alcançar.

CENA 05

Hiparendi, Onça-Pintada, Macaco e Ema

Todos os personagens continuam em cena. Hiparendi ergue a cabeça e olha para os animais.

Hiparendi: Só queria pegar meus tobdaés.

Onça-Pintada: (desconfiada) To... o quê?

Hiparendi: Tobdaé. É para brincar.

Macaco: (animado) Eu adoro brincar! É muito bom ficar pulando de galho em galho.

Ema: (carinhosa) Meus filhinhos, quando crescerem, vão querer brincar também.

Onça-Pintada: Não sei, não. (irritada) Se é tão divertido assim, por que você jogou este negócio na minha cabeça?

Hiparendi: (desculpando-se) Não joguei, não. Foi sem querer. Eu estava treinando... Se quiserem, ensino a brincadeira para vocês.

Macaco: (surpreso) Ensina?

Ema: (curiosa) Como é que é?

Hiparendi: É assim... Lá na aldeia, a gente faz uma dupla. Cada um fica com três tobdaés na mão e tenta acertar o outro. Ao mesmo tempo em que atira, tem que tentar escapar. Quem for queimado primeiro sai do jogo e entra outro no lugar.

Onça-Pintada: (com desdém) Só isso? Achei essa brincadeira muito sem graça.

Macaco: (animado) Que nada, deve ser divertido. Aposto que você não consegue me acertar.

Hiparendi: Vamos brincar? (mostrando os tobdaés) A gente tenta jogar só com estes três mesmo.

Onça-Pintada: (misteriosa) Eu só brinco se tiver um prêmio.

Ema: Qual prêmio?

Onça-Pintada: O vencedor pode pedir o que quiser ganhar.

Macaco: Eu aceito! Sou o bicho mais ágil da floresta. (pegando um tobdaé) Duvido que alguém consiga me acertar com esta coisa tão pequena.

Onça-Pintada: (irônica) Isso já aconteceu uma vez...

Macaco: (ofendido) Mas eu estava distraído. Agora eu quero ver alguém me acertar.

Ema: (empolgada) Eu também aceito. E também duvido que alguém consiga me acertar. Assim que eu ganhar, já sei o que eu vou pedir: para a Onça-Pintada ir morar bem longe daqui.

Macaco: (concordando) Boa ideia! Vou pedir a mesma coisa.

Onça-Pintada: (com falsidade) Acho que vou perder mesmo, sou muito lenta... Por isso, quero ser a última a brincar. Assim posso observar vocês, que são mestres do jogo.

A Ema fica desconfiada e se aproxima do Macaco.

Ema: Estou achando que a Onça-Pintada ficou muito boazinha de repente.

Macaco: Que nada! Ela só reconheceu que nós somos os melhores.

O Macaco vira-se para Hiparendi.

Macaco: Vamos jogar, mas eu primeiro.

25

CENA 06

Hiparendi, Onça-Pintada, Macaco e Ema

Hiparendi e o Macaco se preparam para o início da brincadeira. O Macaco pula bastante, fazendo um aquecimento, e o garoto o observa, achando graça.

O Macaco joga o tobdaé na direção do garoto, que desvia. O menino rapidamente pega o brinquedo e atira no Macaco. Neste momento, a Onça-Pintada dá um forte rugido e assusta o Macaco, que acaba sendo queimado pelo tobdaé.

Macaco: (irritado) Ah, não valeu! A Onça-Pintada me assustou.

Onça-Pintada: (dissimulada) Foi sem querer. Ninguém me disse que eu devia ficar quieta.

Ema: A Onça-Pintada tem razão, infelizmente. Você deveria ter tomado mais cuidado, Macaco. Agora é a minha vez.

A Ema ajeita o ninho num canto e se posiciona para jogar. Olha para a Onça-Pintada com ar de provocação.

Ema: Pode rugir o quanto quiser que eu não ligo.

A Ema joga o tobdaé, e Hirapendi escapa do arremesso. Quando Hiparendi está prestes a atirar na direção da Ema, a Onça-Pintada grita.

Onça-Pintada: Um ovo quebrou!

Ema: (assustada) O quê? Como? Quando? Onde? Ao se virar para olhar o ninho, a Ema é queimada pelo tobdaé de Hiparendi. Ela corre para ver seus filhotes e constata que nada aconteceu.

Macaco: (alegre) Bem feito!

Ema: (contrariada) Mas isso não foi justo! A Onça-Pintada mentiu.

Macaco: (debochando) Você não quis dar razão a ela antes? Agora aguente.

Hiparendi: (inseguro) Chegou sua vez, Onça-Pintada. Você tem certeza de que entendeu como se joga?

Onça-Pintada: (lambendo os beiços) Sim, entendi direitinho. Até sei quando dar o bote, quer dizer, jogar o tobdaé.

Hiparendi: (desconfiado) O que foi que você disse?

Onça-Pintada: Nada, não. Podemos começar o jogo.

Hiparendi atira o tobdaé na Onça-Pintada, mas ela desvia. O felino joga e erra também. A cada tentativa, a Onça-Pintada se aproxima cada vez mais de Hiparendi. O menino, sentindo-se acuado, grita.

Hiparendi: Fogo!

CENA 07
Hiparendi, Onça-Pintada, Macaco e Ema

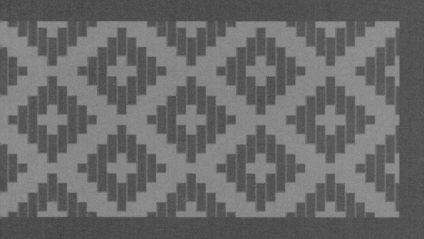

Ao ouvir o grito de Hiparendi, o Macaco corre para trás de uma árvore, e a Ema se deita sobre o ninho para proteger os ovos. A Onça-Pintada fica animada e começa a procurar pelo fogo.

Onça-Pintada: Fogo? Cadê, cadê? Ele é meu!

Hiparendi aproveita a distração da Onça-Pintada e acerta o tobdaé nela.

Hiparendi: Ganhei!

Onça-Pintada: (brava) Hei! Isso não foi justo! Você me enganou.

O Macaco e a Ema começam a rir.

Macaco: Viu só como é bom atrapalhar os outros? (pulando bastante) Bem feito! Bem feito! Bem feito!

Onça-Pintada: (urrando) Você fez de propósito! (andando ao redor de Hiparendi) Você é um Xavante, não é?

Hiparendi: Sou.

Onça-Pintada: Ele sabia que o fogo já foi meu! Os Xavantes o tomaram de mim há muito tempo. Aproveitaram que eu estava dormindo e me roubaram. (ameaçadora) Quero outra chance.

Macaco: (rindo) Ainda bem. Do jeito que você é esquentada, já teria colocado fogo na floresta inteira.

A Onça-Pintada ataca o Macaco, que sai correndo em círculos. A Ema corre para protegê-lo, e deixa o menino sozinho.

Ema: (esbaforida) Não adianta reclamar. Todo mundo só teve uma chance.

A Onça-Pintada percebe que Hiparendi está sozinho e pula em cima dele. Rapidamente, a Ema começa a berrar uma canção. O felino não suporta o som e acaba fugindo para dentro da floresta.

Macaco: (contente) O vencedor do nosso jogo é o jovem...

Hiparendi percebe que o Macaco não sabe seu nome e se adianta.

Hiparendi: Hiparendi.

Macaco: É o jovem Hiparendi! E agora... Você pode pedir o que quiser.

Hiparendi: Eu quero ser o melhor jogador de tobdaé de toda a aldeia!

Ema: Acho que você já é! Você ganhou de todo mundo aqui.

Macaco: Mas se a Onça-Pintada não tivesse me enganado, eu teria vencido.

Hiparendi: Quer jogar de novo?

Escuta-se um barulho vindo do ninho da Ema.

Macaco: Nossa, mas o que foi isso?

Ouve-se o mesmo barulho novamente.

Ema: (comemorando) Meus filhinhos vão começar a nascer! (preocupada) E agora? Vão ser 25 filhinhos e eu ainda nem pensei no nome deles. Ai de mim! Vou levar meu ninho para um lugar mais tranquilo e resolver isso com calma. (feliz) Vou ser pai! De novo!

A Ema sai de cena carregando seu ninho.

Macaco: Agora só ficamos nós dois. Podemos brincar mais um pouco.

Hiparendi: Está ficando tarde, tenho que voltar para a aldeia. (alegre) Vou deixar um tobdaé com você, assim poderá praticar.

Macaco: (contente) Oba! Quando você voltar, vou estar craque. Ninguém mais vai ganhar de mim.

Hiparendi: (ri) Quero só ver. Agora preciso ir embora!

Hiparendi sai de cena.

O Macaco começa a treinar e acaba atirando o tobdaé para fora do palco. Ele sai para procurar e entra em cena a Onça-Pintada, novamente com o tobdaé na mão e coçando um galo na cabeça.

Onça-Pintada: Essa não! Vai começar tudo de novo!

FIM

Por dentro do teatro

Você sabe como se monta uma peça de teatro? São muitas as pessoas envolvidas, e cada uma delas é responsável por uma parte da peça.

Tudo pode partir de um texto, igualzinho a este que você acabou de ler.

Os **atores** é que interpretam os personagens. Quem fizer um dos animais poderá, por exemplo, assistir a vários filmes para ver como eles se comportam e tentar imitá-los. Também é preciso ler bastante o texto e, depois, decorá-lo.

O **diretor** é quem orienta todo mundo. Ele vai dizer o que os atores vão fazer em cena, decidir por onde entram e saem do palco, por exemplo. Tudo com bastante calma para deixar o pessoal seguro para fazer a peça.

O **figurinista** é quem decide como cada personagem vai se vestir. Ele vai escolher o tipo de tecido, a cor e até como produzir as roupas – pode ser recortando uma calça velha ou pintando uma camisa. O mais importante é usar a criatividade, além de materiais diferentes.

O **cenógrafo** é quem vai pensar em como será o cenário, os tobdaés e o ninho da Ema, por exemplo, que poderá ser feito com uma caixa de papelão cheia de palha e ovinhos de garrafa PET. Ele também vai decidir onde ficarão as árvores, as pedras, as folhas, enfim, tudo o que terá no palco.

O mais legal do teatro é que todo mundo pode interagir e dar sugestões em tudo. Se você quiser, ainda poderá ser o **iluminador**, que vai tomar conta da luz; o **sonoplasta**, que é quem pesquisa todo tipo de som que fará parte do espetáculo, como o canto de pássaros na floresta. Você poderá ser, inclusive, o **bilheteiro** e recolher os bilhetes de quem vier assistir à peça.

A cultura Xavante

O nome do personagem desta peça indígena foi inspirado em um Xavante que mora com seu povo em Mato Grosso (MT). Na aldeia de Hiparendi eles falam sua própria língua e têm costumes muito importantes, como os rituais de passagem para a vida adulta, as danças, os cantos e a contação de histórias. Todo esse conhecimento é preservado e transmitido de pai para filho. Foi assim que ele aprendeu o que é o tobdaé e como se joga.

Também conhecido como "peteca", o tobdaé é um brinquedo comum entre crianças Xavante de 4 a 13 anos. A diversão dura o dia inteiro e começa com a seleção das palhas secas das plantações de milho. Aprende-se a trançar uma bola achatada, que vai sendo encapada com várias outras palhas.

Para o povo Xavante, o jogo lembra uma partida de queimada, quando os adversários precisam fugir uns dos outros para evitar serem atingidos pelos tobdaés. Quem for acertado, está fora da brincadeira.

A lenda do fogo

A Onça-Pintada ficou brava com Hiparendi porque, segundo uma lenda Xavante, o fogo pertencia a ela. Quando os indígenas fizeram essa descoberta, resolveram aproveitar uma soneca do felino e lhe tomaram as chamas. Para isso, eles se transformaram em animais – como a ema, o veado-campeiro e a paca –, e assim que conseguiram pegar o fogo, dispararam em direção à aldeia.

Com o fogo, o povo Xavante aprendeu a se aquecer e a cozinhar. E até hoje a Onça-Pintada não conseguiu tomar o fogo de volta. Mas, pelo jeito, ela continuará tentando.

Manuel Filho atuou no teatro musical, publicou mais de 60 livros e ganhou o Prêmio Jabuti 2018 com a obra *No coração da Amazônia*. Ele sempre gosta de contar que se divertiu muito escrevendo com grandes nomes nacionais, como Mauricio de Sousa e Ziraldo. Considera que contar histórias é uma diversão. Cantar, também! Se o deixarem atuar, a brincadeira estará completa!

Caco Bressane é arquiteto formado pela Escola da Cidade e mestre em urbanismo pela UFRJ. Atuou em diversos escritórios de arquitetura até direcionar sua carreira para a ilustração. Desde 2010, dedica-se exclusivamente à ilustração e ao *design* gráfico e editorial, sobretudo nos segmentos didático, infantil, infantojuvenil e de jornalismo.